愛屋及烏賊
出口成章魚
怎麼這麼慢啊？
邪惡幽靈船
●當船到達時，
故事就——
開始啦！
開始啦！

怪傑佐羅力之邪惡幽靈船

文·圖 **原裕** 譯 周姚萍

你們知道佐羅力大師在《怪傑佐羅力之海盜尋寶記》這本書裡，得到了一艘海盜船嗎？
佐羅力大師把這艘船改造成邪惡幽靈船嘍。
來吧，恐怖的故事就要開始了，嘻嘻呵呵！
怪傑佐羅力之海盜尋寶記

海上有一艘很怪異的船，裡頭傳出了怪裡怪氣的歌聲。

照著佐羅力大師的指示，
我們將海盜船改造好了，
改造好了。看哪！
多麼恐怖又邪惡的幽靈船哪。
嘿吼！嘿吼！嘿嘿吼！
嘿吼！嘿吼！嘿嘿吼！

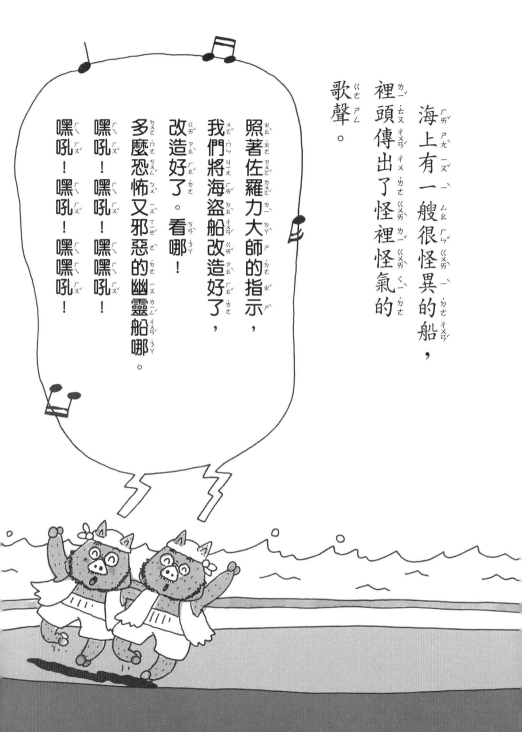

媽媽——請看看哪，我已經下定決心，
要乘著這艘船航遍七大洋。
惡作劇、搞鬼、嚇人，
直到人人稱我為海上之王，
不然絕對不上岸。
啊！啦啦啦、啦啦啦。

大家想不想仔細參觀，
這艘讓佐羅力他們
很得意的邪惡幽靈船呢？

邪惡幽靈船
哇！超級免費大放送，邪惡幽靈船的祕密首次向各位讀者大公開嘍——！
☆由於地板上鋪滿了海帶芽，所以黏答答，滑溜溜的。
佐羅力蝙蝠桅杆
•轉轉轉螺旋梯 可以把乘客從螺旋梯頂端往下丟到海裡去
哇～
•佐羅力人魚公主（好噁心喔）
接送巴士
⊙掛了許許多多佐羅力蒐集來的新娘禮服的房間。
入口
•踏上這條舌頭，就能進入船裡。
喔，不行，只有這個房間還不能公開給大家看。

☆最恐怖的是，妖怪學校的妖怪和幽靈也在船上!!
我們屍怪也在船上喔。
想知道我們會從哪裡冒出來……
就趕快翻開書往下看吧。
怪傑佐羅力的
讓人很不舒服的音樂
噴出乾冰，製造出更恐的氣氛。
乾冰
•救生用的裝備
當然只準備了給佐羅力、伊豬豬和魯豬豬的三套，其他的乘客可沒有喔
•廁所
在這裡大小便後，尿尿和便便全部都直接掉進海裡。
☆這艘船原本是一頭鯨魚，所以就算沒有風，也能用這條尾巴向前游。
(想知道得更詳細，請看《怪傑佐羅力之海盜尋寶記》。)
船身的外層是鯊魚皮，摸了就會受傷喔。
餐廳
只有桌和椅的
黑漆漆的房間
可怕的怪物正等在這兒喔。
我們照著佐羅力大師的吩咐……
把船改造成這個樣子。

「這一艘恐怖的邪惡幽靈船
可是本大爺的心血結晶唷，來吧，
讓我看看，
一開始要用它來嚇誰好呢？
嘻嘻呵呵。」
佐羅力透過望遠鏡

看著遠方，
發現山路上
有一輛紅色的跑車
正在奔馳著。

「喔，
駕駛座上
坐的不就是……」

「車上坐的不就是惹人厭的黑豹亞瑟嗎？
聽說他和貓公主艾露莎
結婚了，不但得到一座城堡，
還變成了國王……
原來傳聞是真的。他們正在
蜜月旅行，看起來好幸福喔。
真是可恨！不可原諒！羨慕死我啦~~。」

佐羅力會這麼生氣，是因為他曾經跟亞瑟對決，卻輸得很慘，留下了痛苦的回憶。

好，我們就送給亞瑟那個傢伙
一份超級恐怖的結婚禮物，
然後逼他交出城堡，
這個計畫不賴吧？

佐羅力把臉湊近伊豬豬、魯豬豬，露出牙齒，邪惡的笑了。

跑車上的亞瑟王和艾露莎王后，
根本不知道佐羅力的邪惡計畫。

「親愛的亞瑟，你送給我的
結婚戒指，我會一輩子
珍惜它的。」

「親愛的艾露莎，你送我的
項鍊，我絕對不會拿下來，
它將永遠在我的胸前
閃閃發光。」

⊙鍊墜上鑲有艾露莎王后展露溫柔笑容的照片。

他們的對話洋溢著甜蜜。滿滿的幸福感，從跑車裡流洩而出。

「親愛的亞瑟，我好想看海喔。」

「好的，沒問題。」

亞瑟踩下油門，將車子開往看得到海的小山丘。

⊙連你的媽咪
也一定會想要的
40克拉鑽戒

夕陽映照，將他們染成溫暖的顏色。

艾露莎凝視著金光閃爍的大海，說道：

「親愛的亞瑟，大海好羅曼蒂克喔。開跑車旅行雖然不錯，但是我也想乘著船，體驗一趟海上之旅。」

「嗯，可……可是，這太突然了，這附近也沒有船……」

就在這時，

有個一直躲在椰子樹蔭下，似乎正等待這句話的人，突然飛奔而出，說著——

觀光船
☆每晚都會舉辦奢華舞會。
(觀光船的首位乘客將獲贈美麗的晚禮服)
☆海膽・拉麵・小黃瓜壽司卷
吃到飽!!
保證
好吃唷!!

「鏘鏘鏘——想找船嗎？這種事，就交給我這個觀光船的船長吧！」

「亞瑟，你看，你看，是一艘觀光船耶，我們的運氣怎麼這麼好呀！」

「沒錯沒錯，你們很幸運。尤其這艘觀光船才剛剛建造好，又新穎，又漂亮，你們兩位是第一對客人。」

「哇！真幸運！亞瑟，我決定搭船了，你說好不好呢？」

「嗯，可……可是，那個……那位船長，我好像在哪裡見過……」

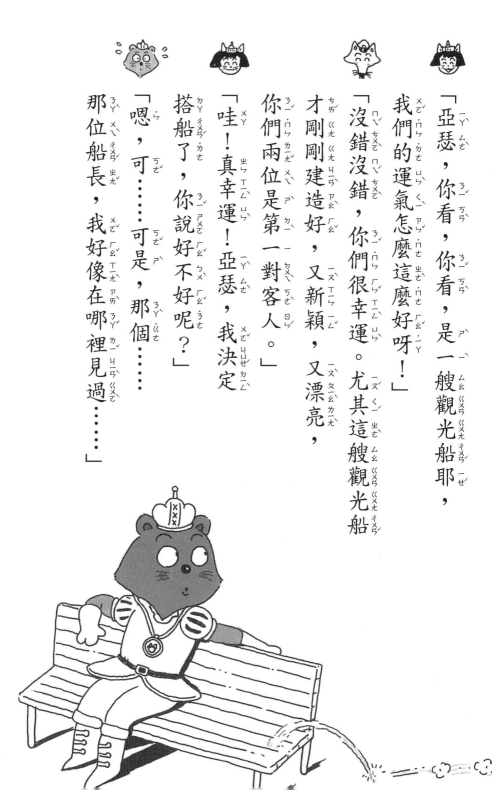

亞瑟還真的不得不感到懷疑呢。
身為讀者的你們應該也已經看出來了。
沒錯，這位船長其實就是佐羅力。
只是佐羅力在海報上動了手腳。
他實在是這方面的高手。

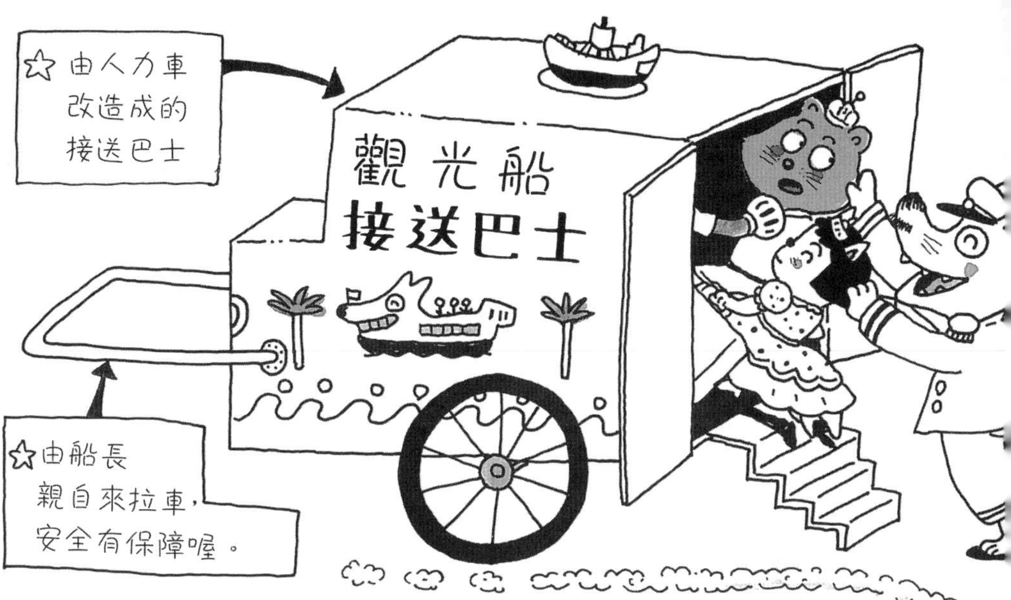
由人力車
改造成的
接送巴士
觀光船
接送巴士
由船長
親自來拉車，
安全有保障喔。

嗚嗚——嗚嗚——!!

「啊！糟了，觀光船出發的汽笛聲響了，來，快上車！快上車！」

船長硬是把亞瑟和艾露莎一把推進了接送巴士裡，然後拉著巴士全速前進。

唷喝~~
成功了
成功了
?
觀光船
接送巴士

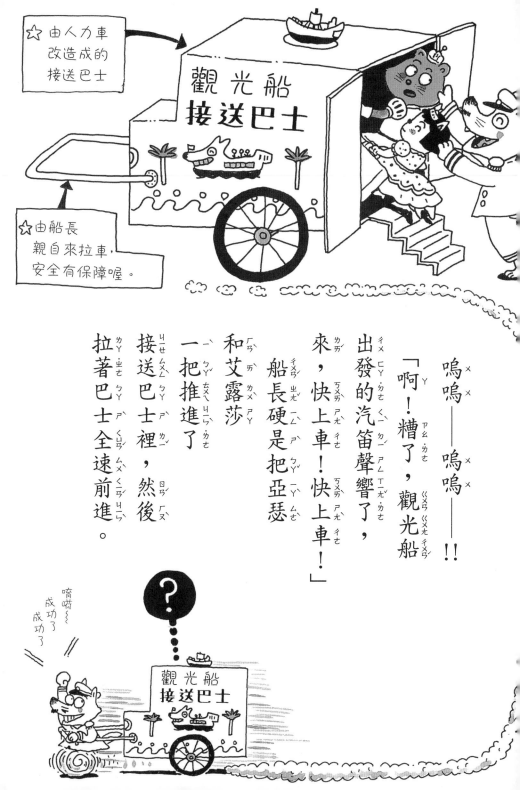

這輛接送巴士沒有窗戶。因為，要是讓艾露莎看到觀光船這麼恐怖，她一定不會想上船的。

佐羅力給本書讀者的良心建議

看哪！觀光船就要準備出發了。亞瑟和艾露莎的命運將會如何呢……

啊——光用想的就覺得很恐怖。

如果你的膽子很小，那就別再繼續往下看啦。

嘻嘻呵呵，心臟經不起驚嚇的人，請讀到這裡就好了！
本大爺的幽靈船可是很恐怖的喔。

亞瑟他們一上了船，就被帶往一間房間，那裡面展示著一排排各式各樣漂亮的晚禮服。

王后陛下，在今晚的舞會開始前，請在這裡挑選您最喜歡的禮服。這是我們獻給您的禮物。
哇，好美喔。真讓人眼花撩亂。
艾露莎

出去出去，看女士換衣服很沒禮貌耶。
小弟
亞瑟王，您的房間在那裡，我帶您去。
亞瑟

隔壁的房間
只孤零零的擺著
一張桌子和一張椅子。
「嘿，行李員小弟，
我也想和艾露莎
一起參加舞會，
能不能借給我
一套男士的晚宴服？」
「唉呀呀，亞瑟王，

不急不急，麻煩您先把桌上的文件簽一簽。」

「啊！是要登記乘客的資料嗎？」

亞瑟王坐下來打算開始填寫資料，卻看到這樣的文件內容……

艾露莎服裝秀

☆從25頁開始，你將可以欣賞到目前艾露莎正換到哪一套衣服，請看看哪一套衣服最適合她。

☆重要文件☆
由於深切期待
佐羅力大師建造
佐羅力城堡二號，
因此將亞瑟王的
城堡奉送給
佐羅力大師。
本人一作出承諾，就說到做到！
亞瑟王簽名的地方就在
下面的框框裡，謝謝合作！
姓名
這……這個
根本不是乘客的資料
登記簿呀。

「什……什麼，是……是佐羅力？」

「嘻嘻呵呵，到現在才發現已經太晚了。
本大爺完美的變裝，把你給騙倒了吧。
你們再怎麼樣也逃不了啦。
如果還想繼續愉快的
蜜月旅行，
就趕快在
那份文件上
簽名吧。」

「你想得美，我才不會乖乖就範的。」
亞瑟將文件捲起來，朝佐羅力用力丟過去。
「哎呀呀，不老老實實的簽名嗎？這樣我可沒辦法嘍，只好讓光頭海膽妖來『好好伺候』你啦！」
不知道什麼時候，佐羅力的

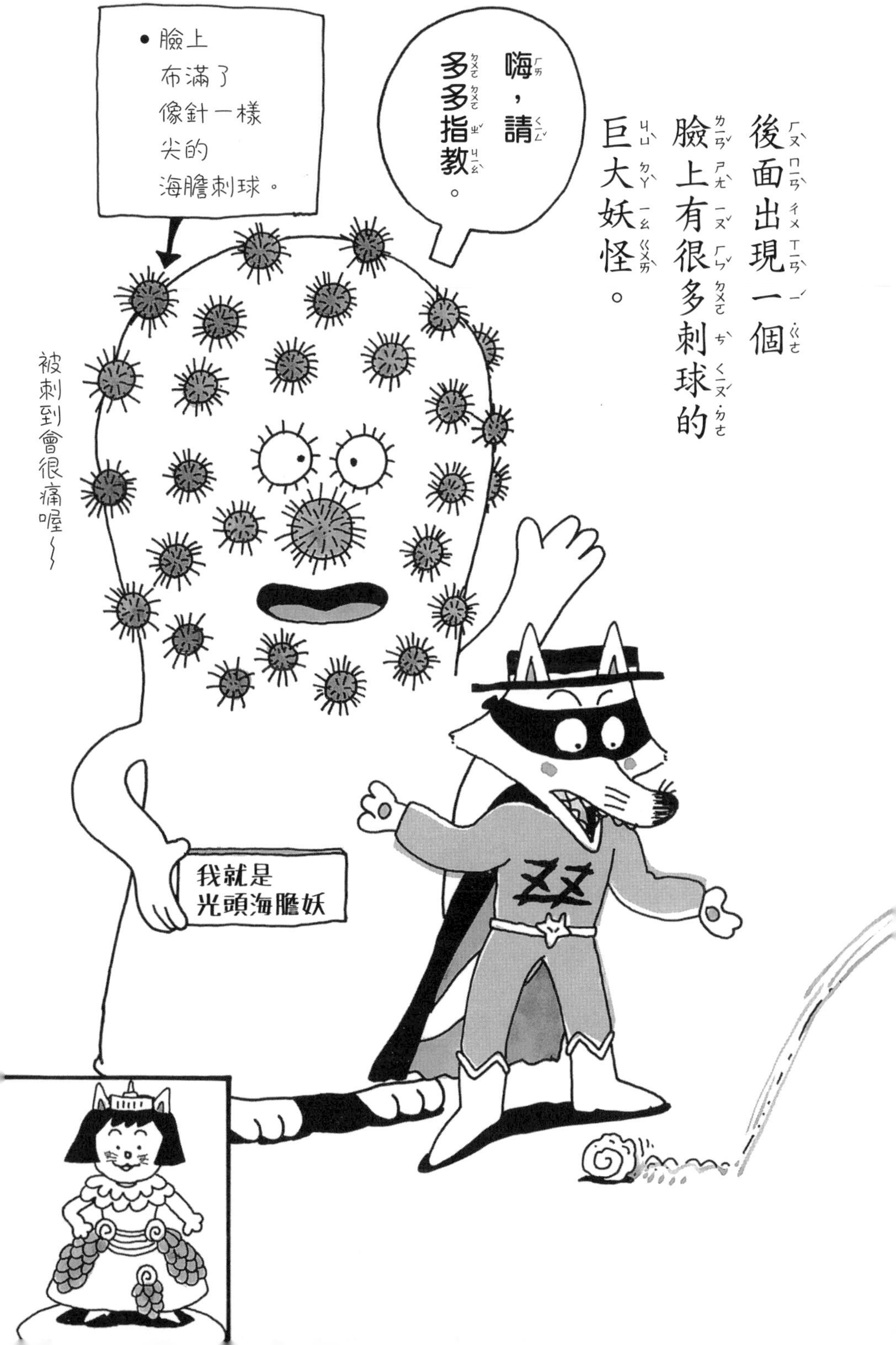
後面出現一個
臉上有很多刺球的
巨大妖怪。
嗨，請
多多指教。
●臉上
布滿了
像針一樣
尖的
海膽刺球。
被刺到會很痛喔~~
我就是
光頭海膽妖

「什、什麼，他……」

「嘻嘻呵呵，你想要晚宴服當禮物是嗎？我就用海膽刺球來代替嘍！」

光頭海膽妖脹紅了臉，用盡全力一擠，把臉上的海膽刺球，對準亞瑟射了過去。

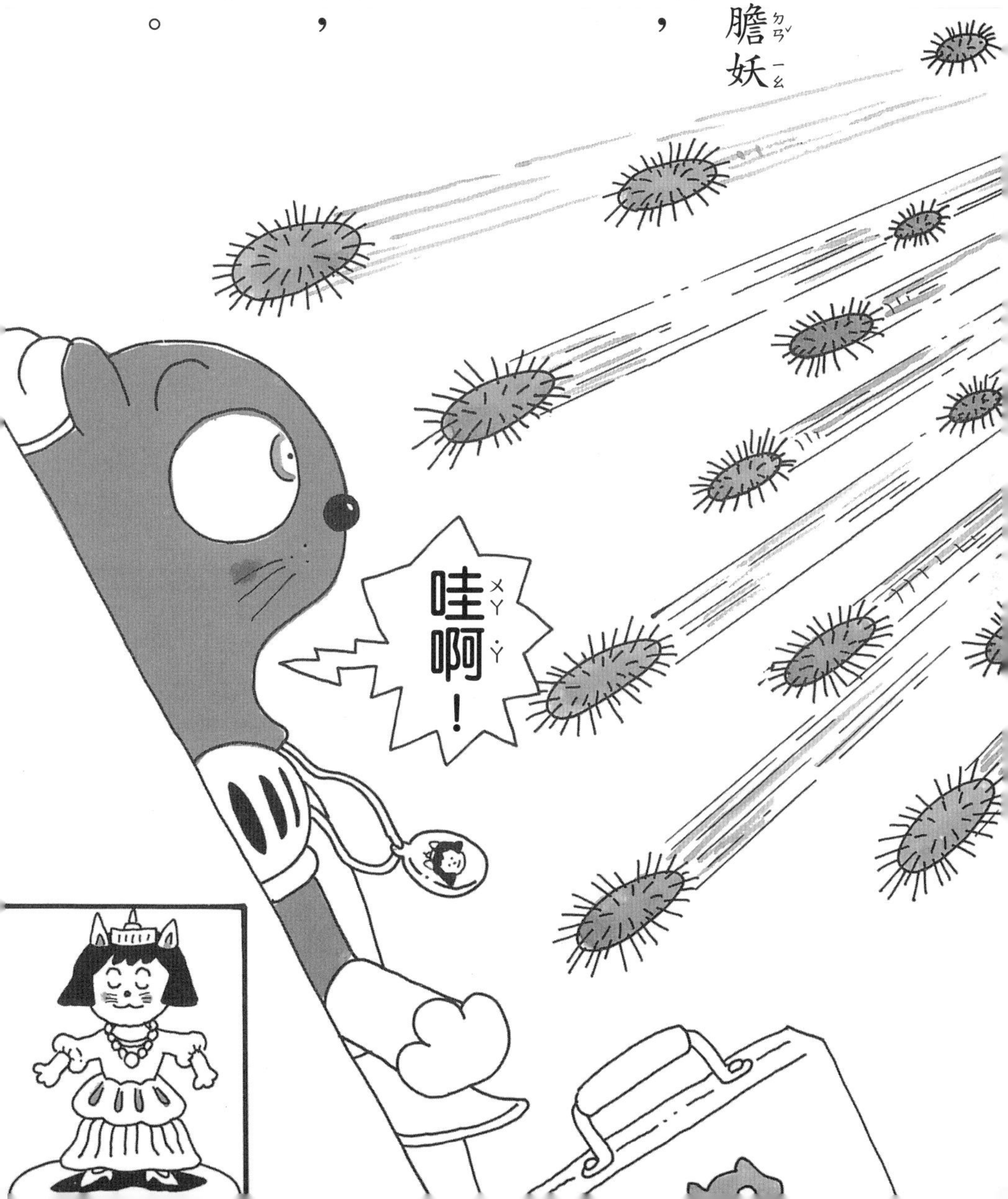

答答答答答
答
答
哇啊！
答答答答
答答答答
亞瑟
成功了！

「嘻嘻呵呵，亞瑟啊，你現在完全動彈不得了吧，下一顆海膽刺球，你也絕對躲不掉的。如果不想再受罪，我勸你還是乖乖的簽名比較好喔。」

「不，身為一個國王，怎麼可以不守護自己的城堡！」

亞瑟自從當上國王後，也成長為一位深具責任感的了不起青年。

「光頭海膽妖，把
最後一顆海膽刺球，
送給亞瑟當禮物吧。」
光頭海膽妖把力量全集中
在臉部，用力一擠——

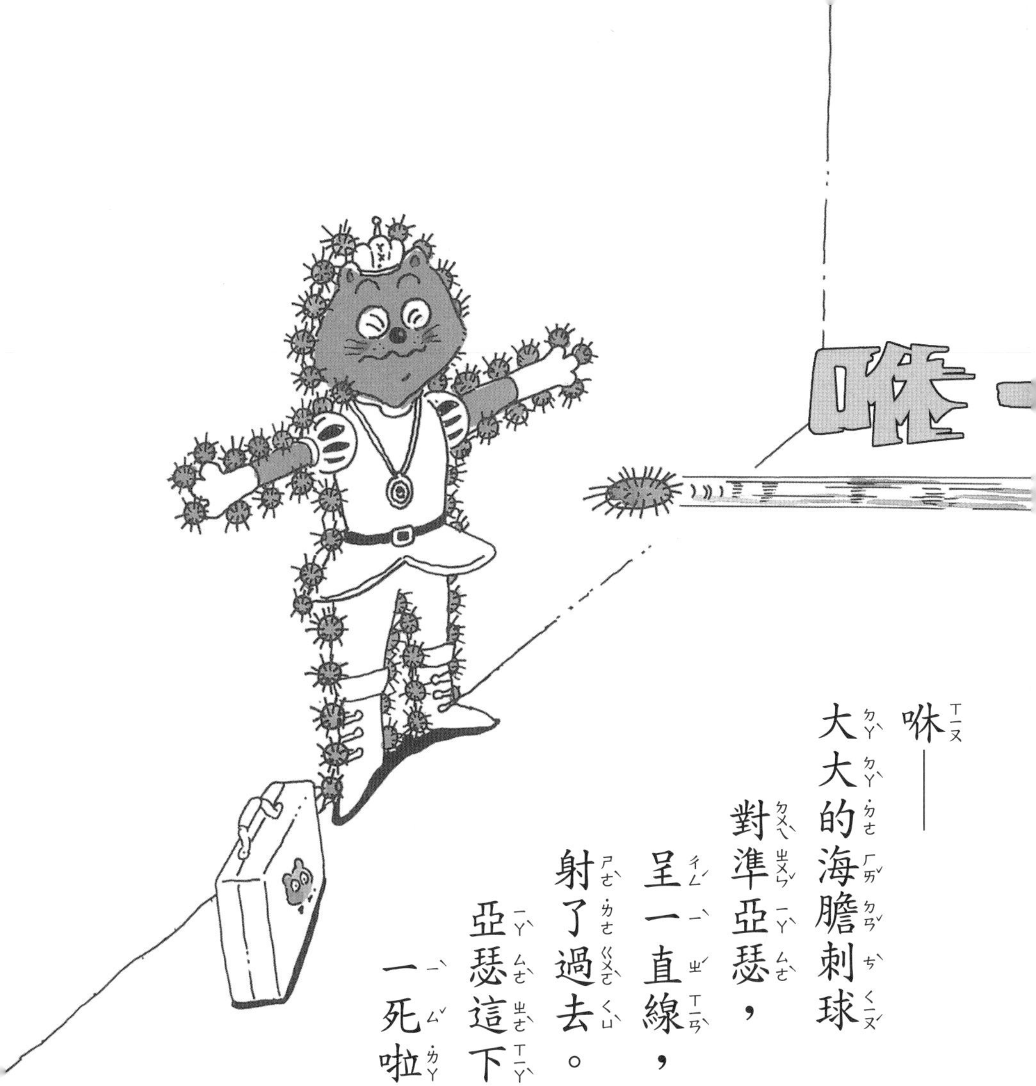

咻——
大大的海膽刺球
對準亞瑟，
呈一直線，猛力的
射了過去。
亞瑟這下子難逃
一死啦。

可是，料想不到的事
發生了。
海膽刺球擊中亞瑟
胸前閃閃發光的
艾露莎王后鍊墜，
並反彈回去。
艾露莎王后的愛
救了
亞瑟一命。

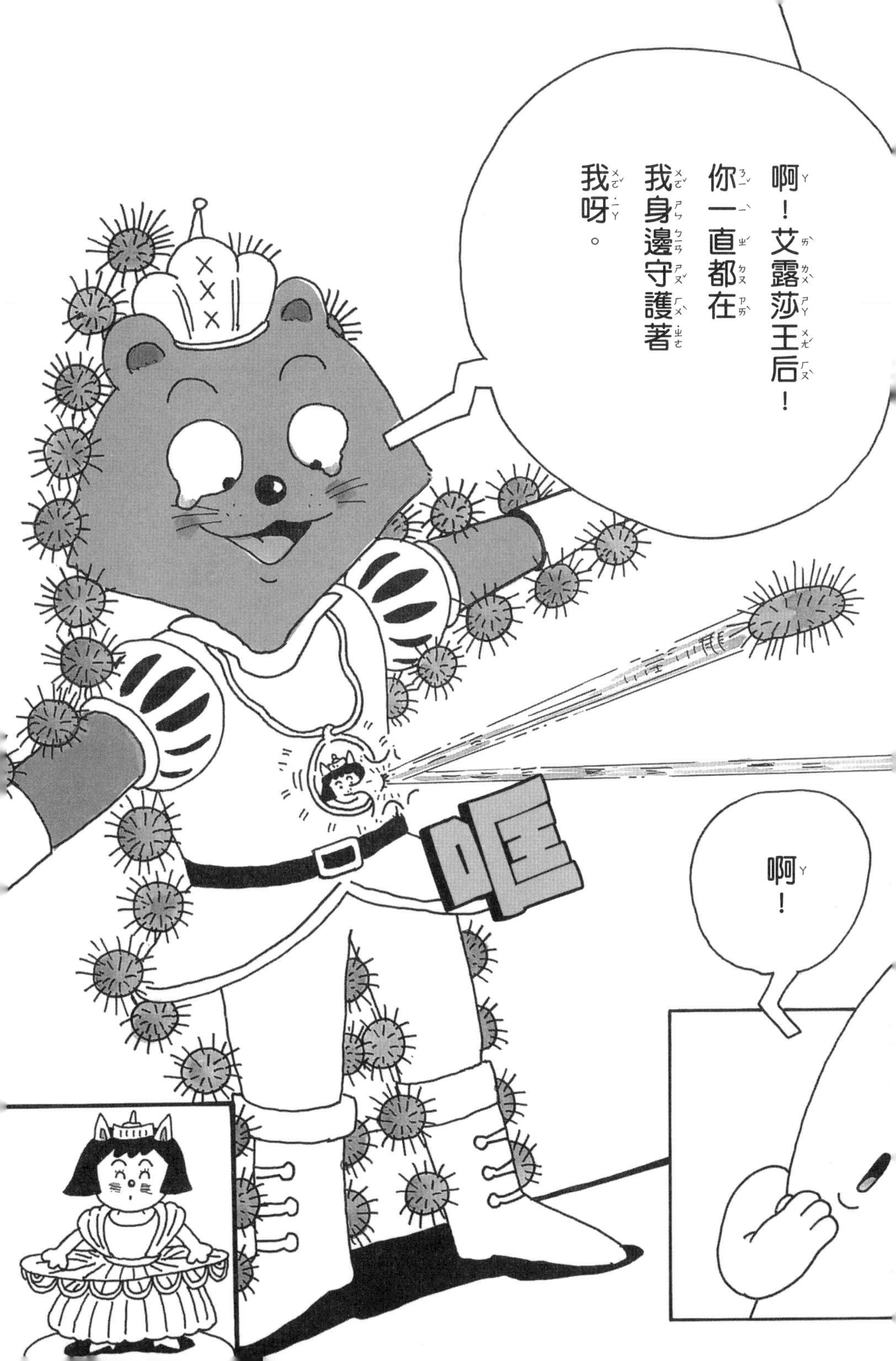
啊！艾露莎王后！你一直都在我身邊守護著我呀。
啊！

反彈回去的海膽刺球打中了光頭海膽妖。就像這樣——

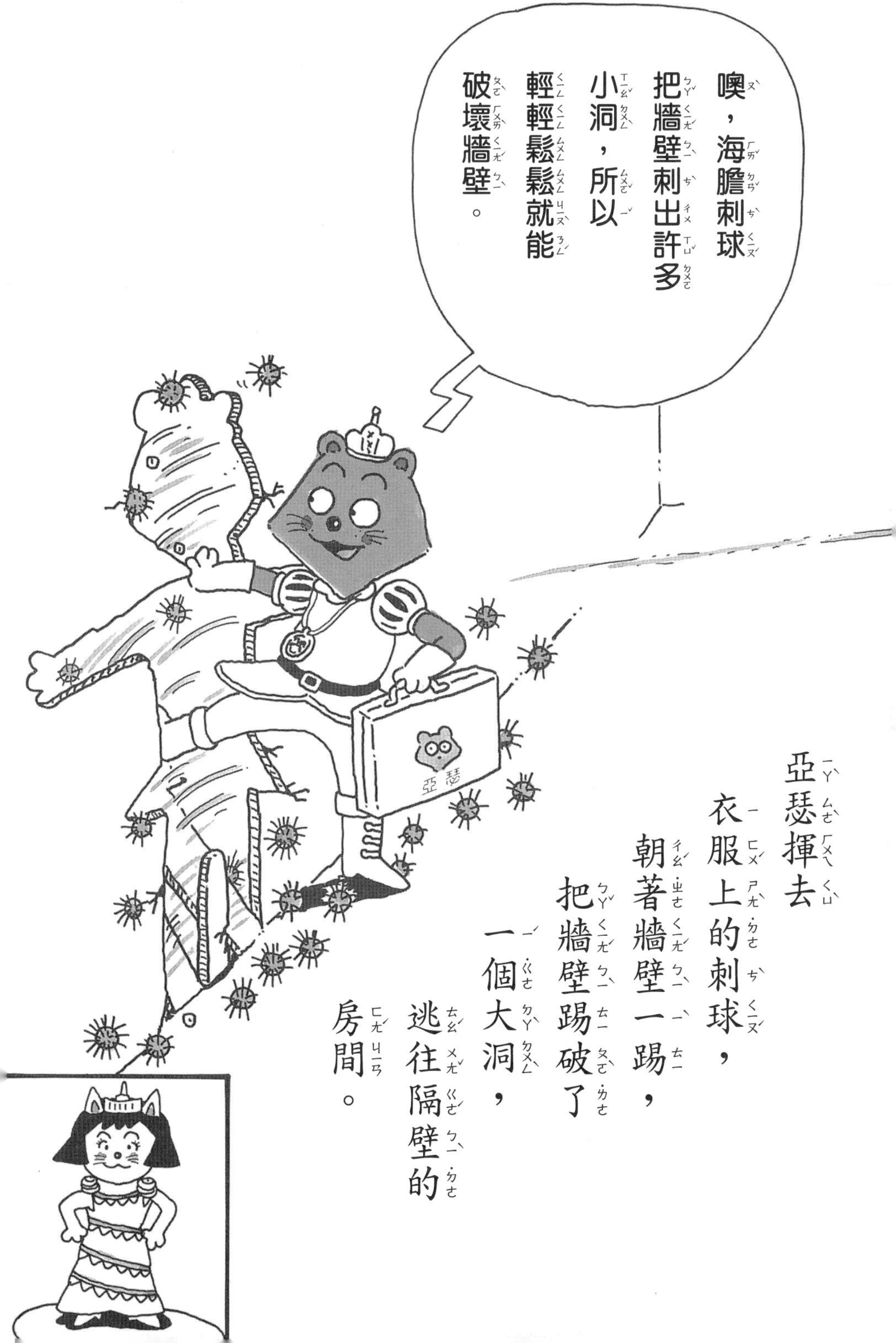
噢，海膽刺球把牆壁刺出許多小洞，所以輕輕鬆鬆就能破壞牆壁。

亞瑟揮去衣服上的刺球，朝著牆壁一踢，把牆壁踢破了一個大洞，逃往隔壁的房間。

這個房間的桌上整整齊齊的擺放著十碗拉麵，所以這裡絕對是餐廳錯不了。

「呼——好險！我的肚子也突然變得好餓喔，來吃一碗拉麵吧。」

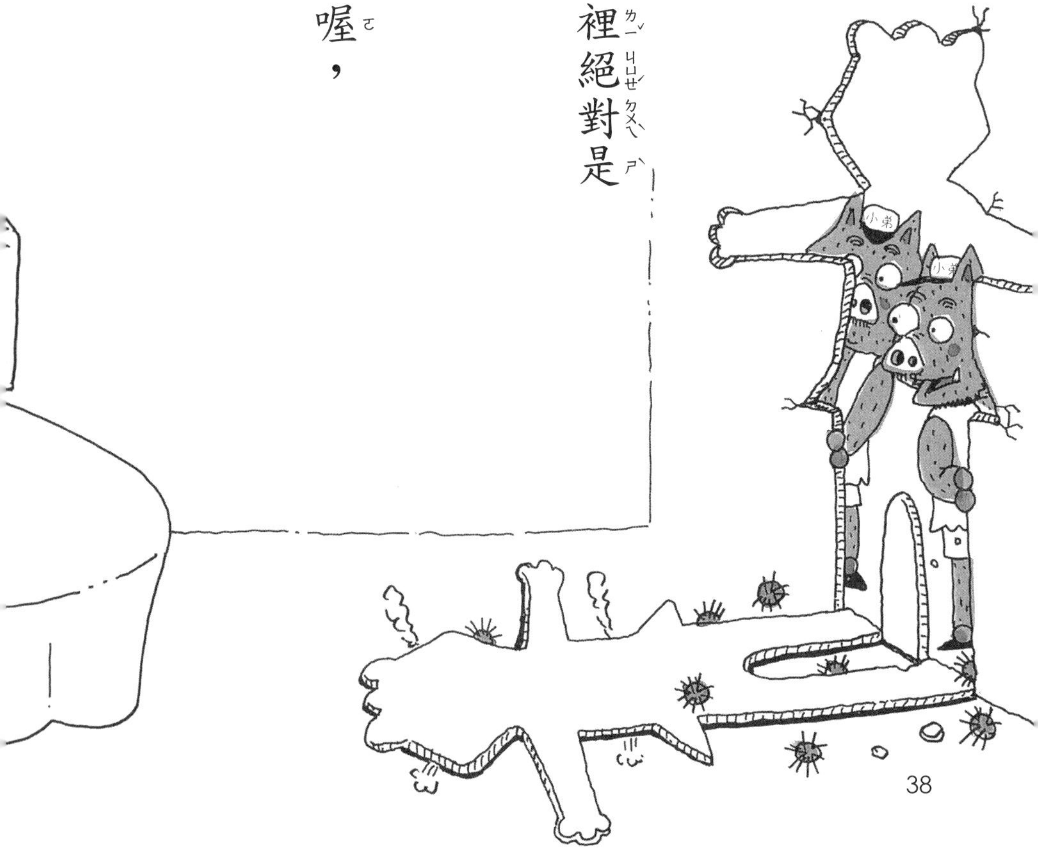

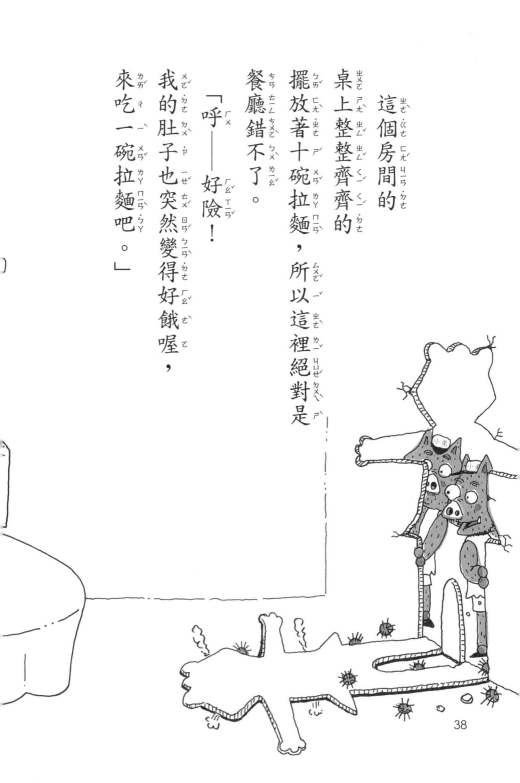

亞瑟一伸手
碰到
拉麵的碗——

嗚哇!!

拉麵的碗就像幽浮一樣漂起來，飛走了。

亞瑟連忙伸手去抓那些逃走的拉麵——

——他一抓，

就全身觸電了。

因為被海膽刺球打中，所以鼻子腫起來的佐羅力，一邊輕撫著鼻子一邊走過來。

嗚嘻嘻嘻——
那可不是普通的拉麵唷，而是超厲害的「幽靈電水母」，來吧，各位電水母，大家一起手牽著手，去把亞瑟電得跪地求饒吧！
小弟
小弟

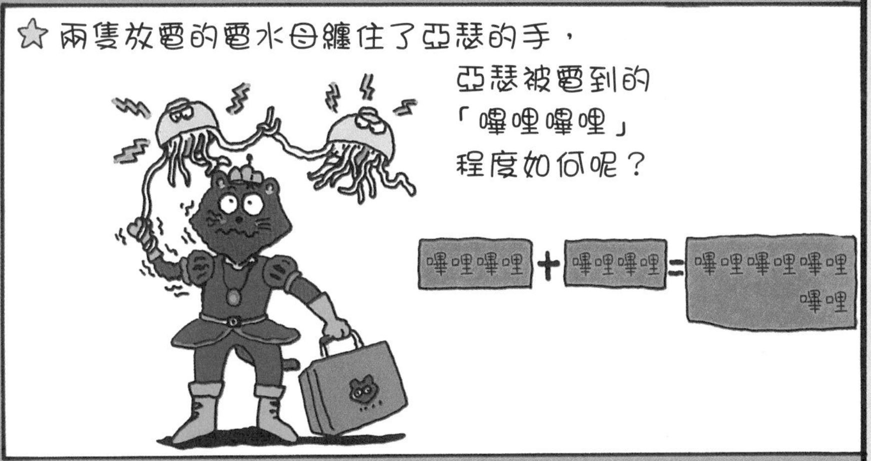
☆兩隻放電的電水母纏住了亞瑟的手，
亞瑟被電到的
「嗶哩嗶哩」
程度如何呢？
嗶哩嗶哩＋嗶哩嗶哩＝嗶哩嗶哩嗶哩嗶哩

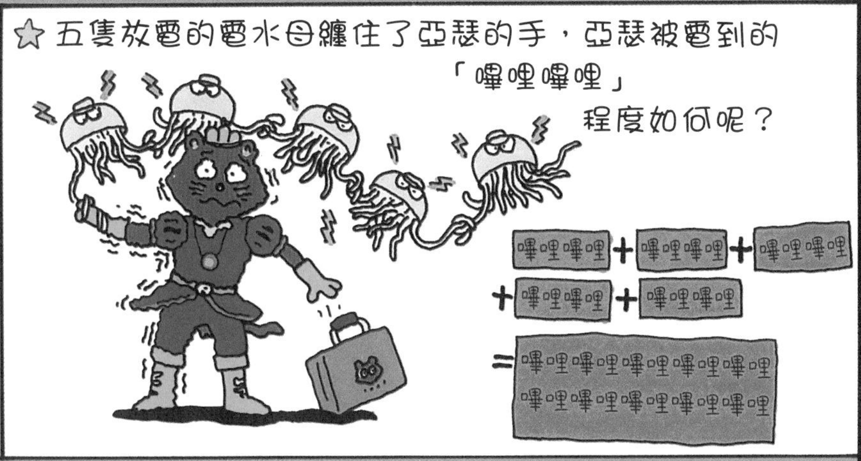
☆五隻放電的電水母纏住了亞瑟的手，亞瑟被電到的
「嗶哩嗶哩」
程度如何呢？
嗶哩嗶哩＋嗶哩嗶哩＋嗶哩嗶哩
＋嗶哩嗶哩＋嗶哩嗶哩
＝嗶哩嗶哩嗶哩嗶哩嗶哩嗶哩嗶哩嗶哩嗶哩嗶哩
嗶哩嗶哩嗶哩嗶哩嗶哩嗶哩嗶哩嗶哩嗶哩嗶哩

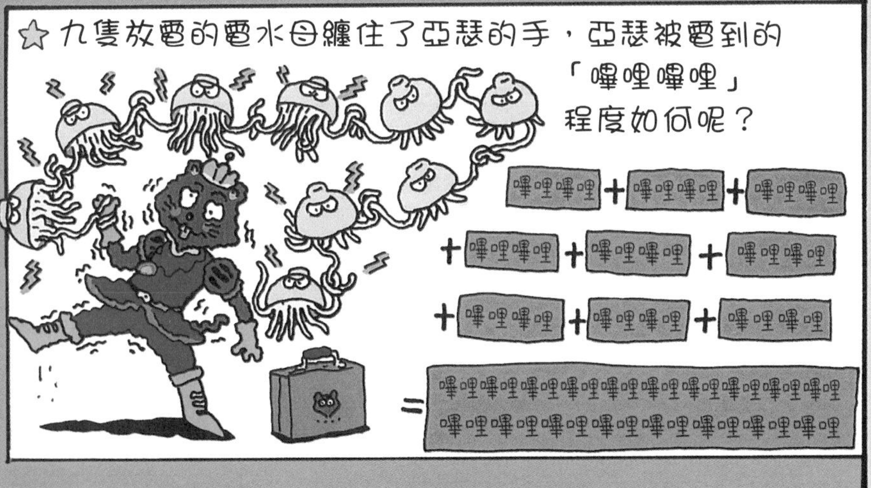
☆九隻放電的電水母纏住了亞瑟的手，亞瑟被電到的
「嗶哩嗶哩」
程度如何呢？
嗶哩嗶哩＋嗶哩嗶哩＋嗶哩嗶哩
＋嗶哩嗶哩＋嗶哩嗶哩＋嗶哩嗶哩
＋嗶哩嗶哩＋嗶哩嗶哩＋嗶哩嗶哩
＝嗶哩
嗶哩嗶哩嗶哩嗶哩嗶哩嗶哩嗶哩嗶哩嗶哩嗶哩嗶哩嗶哩嗶哩嗶哩嗶哩嗶哩

太酷了!!看佐羅力的故事
還能練習算數，讓數學變好。

●趕快把這個好消息
告訴媽媽喔!!

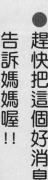

「亞瑟，只要你在這份文件上簽名，
就不會再被電得全身發麻喔。」
「嗚——嗶哩嗶哩。不可能的——嗶哩嗶哩，
我不會簽的——嗶哩嗶哩。」
「真是頑固的傢伙。再不簽，
我就要叫最後一隻電水母
也過去電你喔。」

就這樣，一百伏特的電流在亞瑟的身體裡竄來竄去。

「啊——！好！好！我簽，我簽，趕快叫他們放手——」

「啊！真……真的嗎？連作夢都會夢到的『佐羅力城堡二號』總算到手了，媽媽——我的內心裡真是充滿了感謝呀。」

佐羅力的眼中閃著淚光說道。

「喂，亞瑟，就用這枝筆來簽吧。」

佐羅力把
原子筆
遞給全身
觸電的
亞瑟。
這下慘了，
一百伏特的
電流
透過了

原子筆，傳到佐羅力的身上。

嗶
嗶
嗶
嗶
嗶
嗶
嗶
喂，魯豬豬，這個房間是我們改造的喔。
是啊，伊豬豬，這個房間裡的機關，只有我們兩個最清楚了。
我們也安裝了用來救佐羅力大師的祕密機關呀。
啊！我想起來了！伊豬豬，總算讓我們等到助佐羅力大師一臂之力的時候了。

別在那邊講東講西啦，快點來救我啊！笨蛋——
噢，來了來了！魯豬豬，要拉囉！
知道了，伊豬豬。
小弟
小弟
伊豬豬和魯豬豬合力拉下這個房間裡所設置的祕密繩索。
呀嗬~

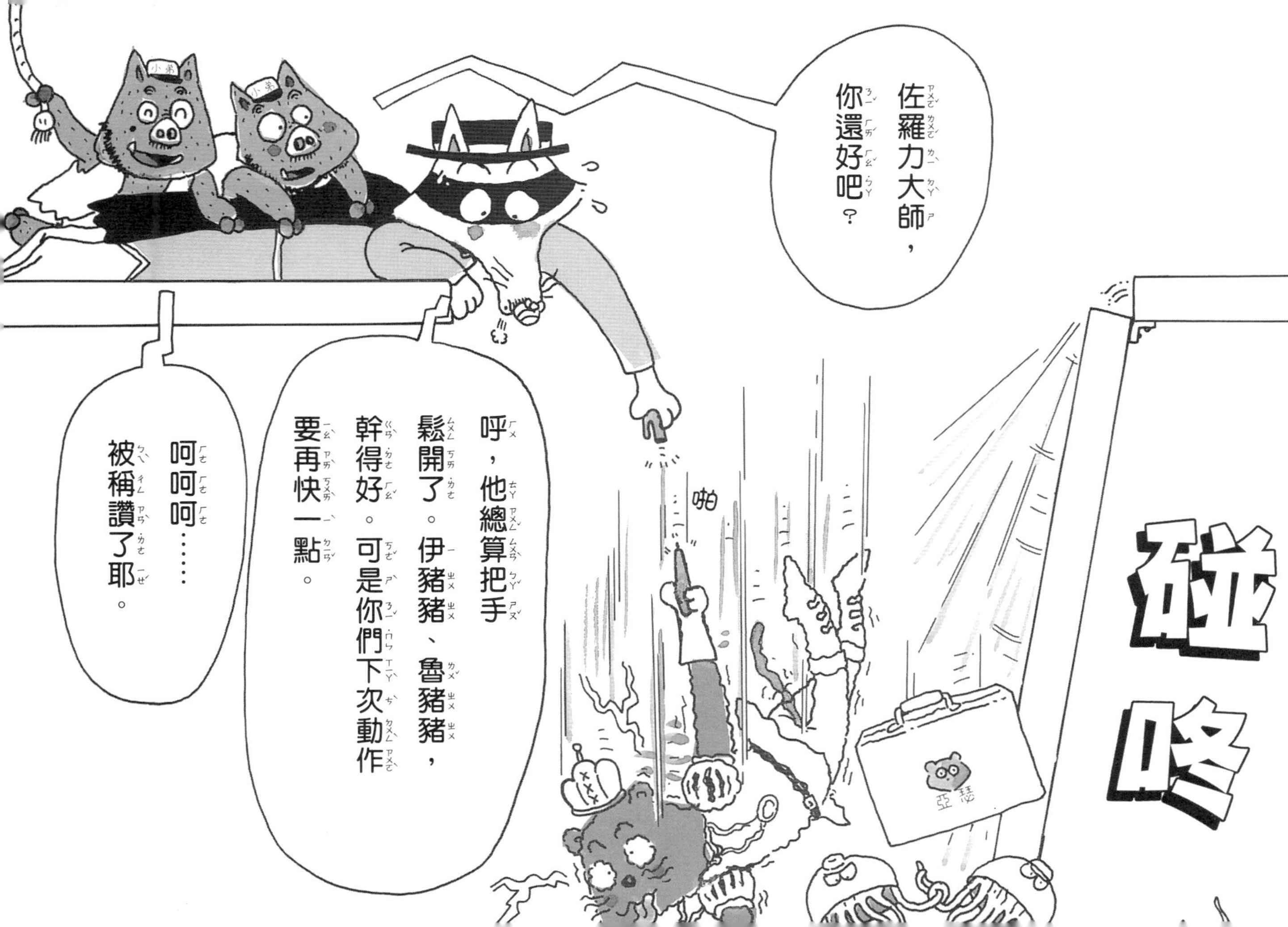
佐羅力大師，你還好吧？
碰咚
啪
呼，他總算把手鬆開了。幹得好。伊豬豬、魯豬豬，可是你們下次動作要再快一點。
呵呵呵……被稱讚了耶。
小弟
小弟
亞瑟

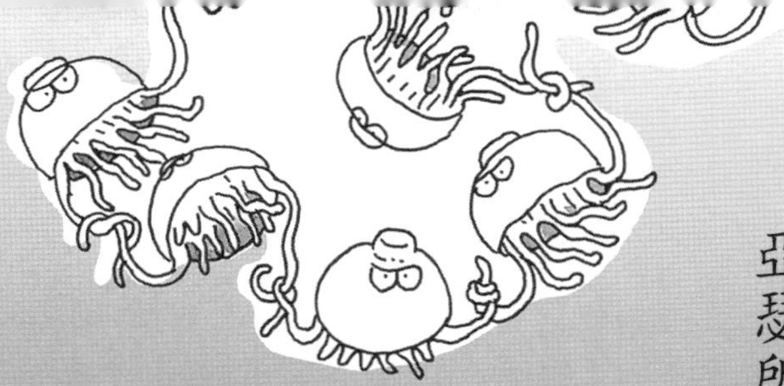

碰咚一聲，
亞瑟所站的那塊地板，
忽然往下
開成了一個大洞。

全身觸電的亞瑟
就這樣掉進了
黑暗中。

啊——亞瑟的命運
將會如何呢？他會
猛力撞到樓下的地板，
因此被撞成肉餅嗎？

還好，電水母正好可以當成軟軟的靠墊，讓亞瑟安全落地，而且身上連一個小擦傷也沒有。

被壓得扁扁的，是亞瑟下方的那些電水母。

由於電水母全昏了過去，所以也沒辦法再放電了。

「呼——真是一場災難哪，先讓我好好的喘口氣吧。」
亞瑟打開了房間的電燈。
亞瑟

燈一亮，站在亞瑟旁邊的是一隻很大的河童。不過，這可不是一般的河童喔。

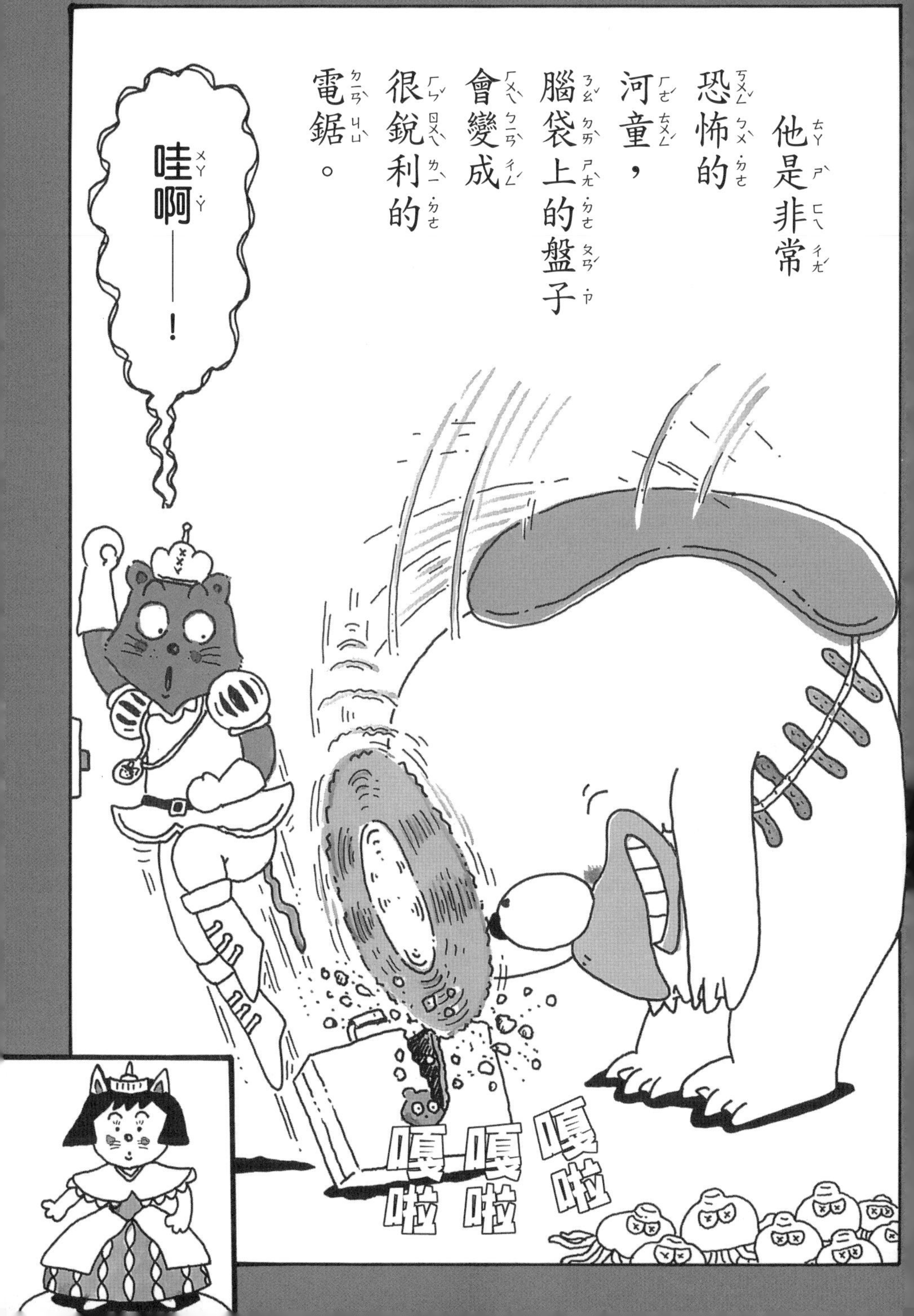
他是非常恐怖的河童，腦袋上的盤子會變成很銳利的電鋸。
哇啊——！
嘎啦
嘎啦
嘎啦

被河童的電鋸鋸成兩半的行李箱裡，滾出了一支吹風機。
怎麼樣？很厲害吧？
啊！我發現了一個好東西。
聽說只要把河童頭頂上的水弄乾，他就會失去力量。太好了，就用這支吹風機來吹乾河童頭頂上的水！
說得對！

不過，亞瑟，這個房間裡沒有插座喔，所以那支吹風機根本就沒用。
什麼？

轟——轟——！

河童頭上的電鋸轟轟響著，
一步步、一步步
逼近亞瑟。

加油啊，亞瑟！
怎麼辦啊？亞瑟！

就在這時，
昏倒在
地板上的
電水母
醒來了。
亞瑟也注意到了，於是他
將吹風機的插頭像鞭子一樣，
用力一甩。

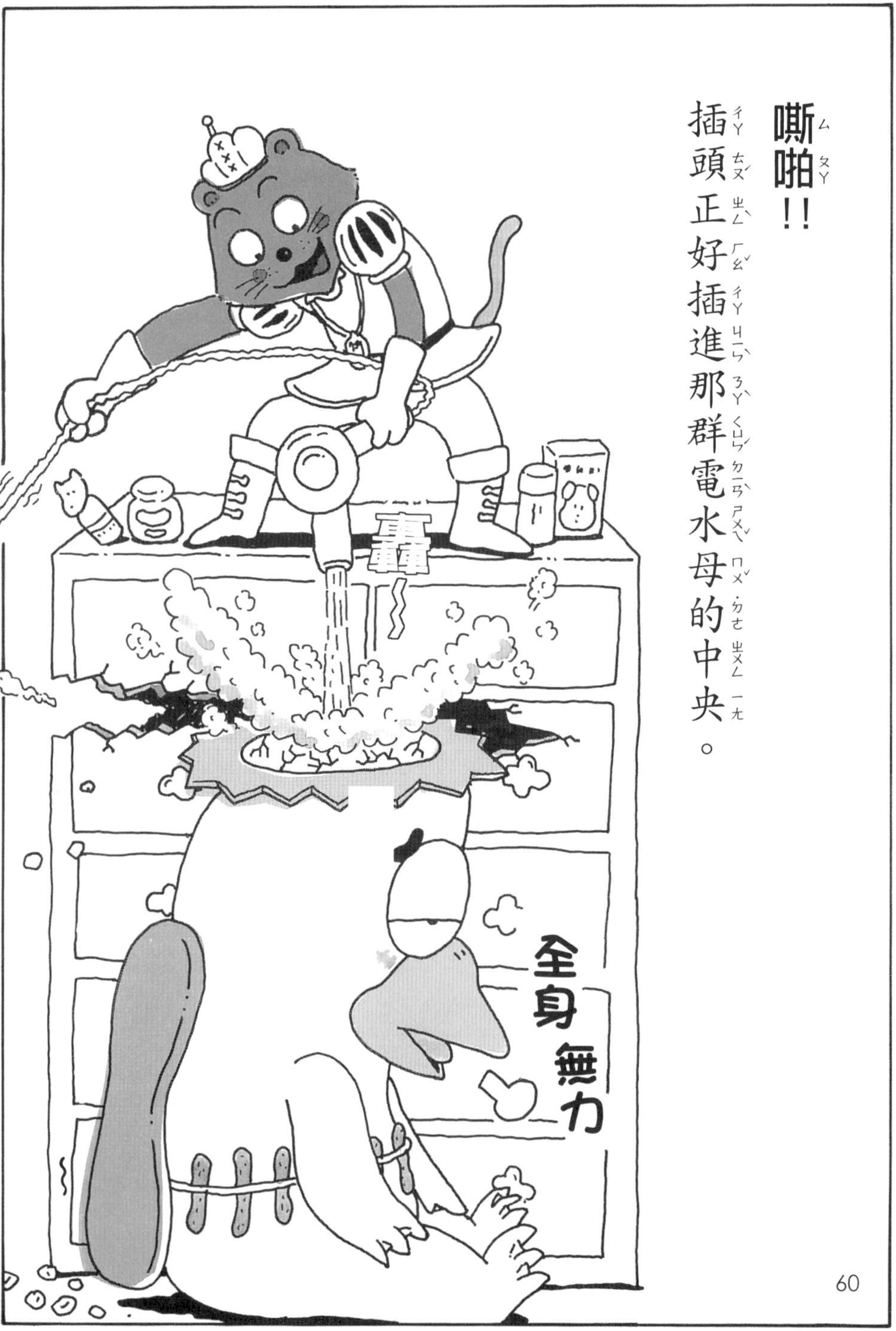
嘶啪!!
插頭正好插進那群電水母的中央。
轟轟
全身無力

從電水母那兒傳過來的電力，讓吹風機開始運轉，吹出了陣陣熱風。

轟——！

河童頭上盤子的水很快就乾了，盤子也裂了，更沒辦法當成電鋸轉動。當然，河童也全身軟趴趴的癱在那裡了。

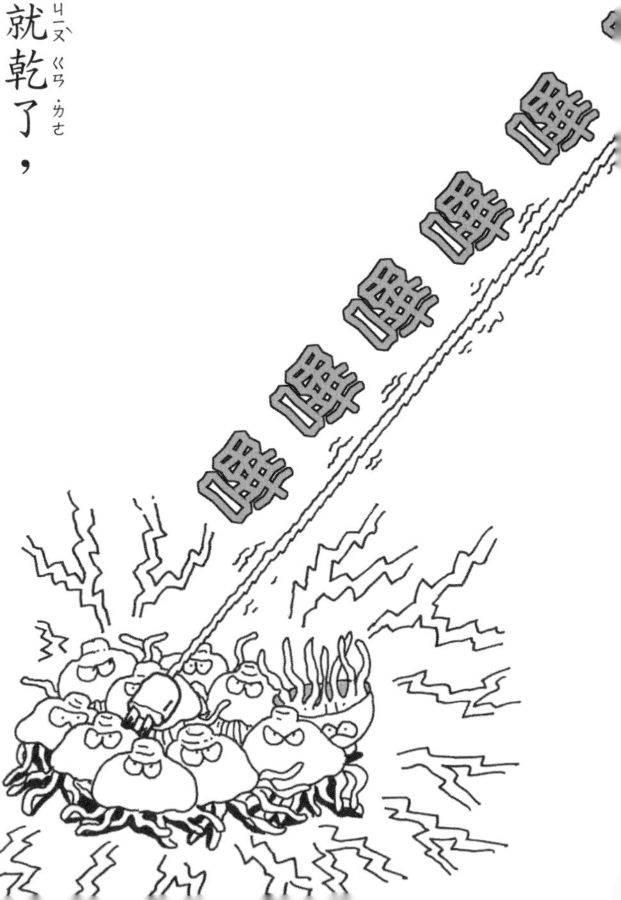

「太酷了！太酷了！」

不知道什麼時候，
佐羅力和一群
令人害怕的屍怪們，
全跪在亞瑟的身邊。

「亞瑟王，請往這邊走。
剛剛我們對您太不禮貌了，
請接受我們誠摯的道歉。
您應該流了很多汗吧，

請和我們一塊兒去洗洗澡吧。」

「是……是嗎？那就一起去吧……」

佐羅力帶領亞瑟走進了隔壁的大浴場。

來瞧瞧幽靈船裡的大浴場吧!!

給家長的話　請各位家長注意，因為這兩頁的畫面有一點噁心，所以請不要讓孩子邊吃東西邊看。

屍怪們一進入浴缸，原本乾淨的水馬上變得又黑又髒。

屍怪們生活在墳墓底下，又髒又泥濘的地底下。
超噁溫泉粉
一倒進去，水馬上就變黑。
超噁溫泉粉
來吧，亞瑟你也別客氣唷，請進浴缸裡吧。
蚯蚓
屍怪們有兩百年沒洗澡了，所以很髒。
好臭～～

◎直達天花板的謎樣柱子
和蜈蚣、多腳蟲、跳蚤、老鼠一起生活在墳墓底下
哇——髒死了。我想還是算了。要是進了這麼髒的浴缸，不但不能變乾淨，反倒會生病吧。
用抹布代替毛巾來搓身體
搓呀搓呀
要洗背的時候，就用這支拖把。
用泥巴做成的肥皂
啵啵 啵啵
超大的多腳蟲
這是沼氣
小木桶和毛巾來啦。
下面怎麼好像
很吵耶
新推出的泡湯粉
臭鼬的味道
爛泥的味道

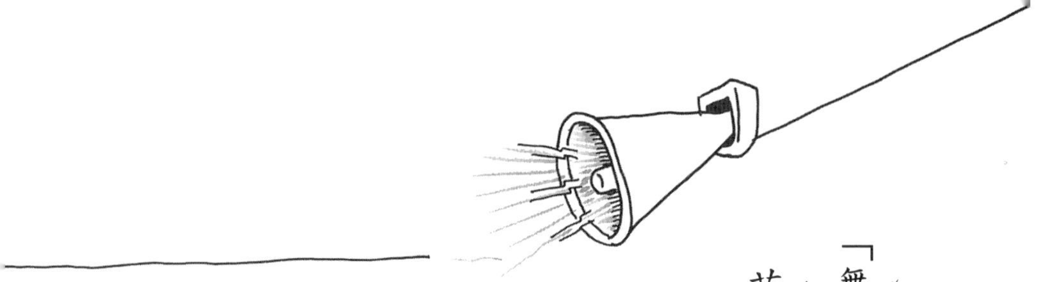

「舞會就要開始了，
艾露莎王后登場嘍!!」
佐羅力按下
遙控器的按鈕，
叭叭叭叭——!
響亮的喇叭聲響徹大浴場，
艾露莎王后穿著
漂亮的禮服，乘著
柱子往下降。

啊！亞瑟，你跑去哪裡了？我決定選這件禮服，你覺得好不好看呢？
完了!!浴缸上方是艾露莎換禮服的房間。再這樣下去，艾露莎會掉進可怕的屍怪浴缸。我一定要想想辦法才行啊……
啪啪
啪啪
啪啪
啪啪
啪啪

亞瑟輕盈的一跳，跳往浴缸的正中央。
啊，要是掉進那麼髒的地方，禮服不就毀了。
艾露莎，我會頂住，不讓柱子繼續往下降，你別擔心。
飛跳

不過，那根柱子可是機器啊，亞瑟再怎麼使勁也頂不住。
亞瑟，別逞強了啦。
只要能救艾露莎王后，我怎樣都沒關係。

呵呵呵，照這樣看來，兩位都會掉進屍怪浴缸裡唷。
除非你在這份文件上簽字，我才會關掉遙控器的開關。

好！我簽。我簽！快把那個開關關掉——!!

「很好，你總算搞清楚狀況了。我這就把開關關掉。呵呵呵，這樣一來，城堡就是本大爺的啦。咦？故障了嗎？嗄？遙控器好像壞掉了耶，亞瑟。」

「搞、搞什麼呀？這……這下怎麼辦？一定要把我救出去，

我才能簽名啊。
快點想想辦法呀！
我已……
已經快不行了。」
天才佐羅力
動腦筋想呀想，
想呀想，
接著，他靈光
一閃。

「對了!!把浴缸的塞子拔掉，讓髒水全部流光就好了。這麼一來，他們兩人都能得救啦。沒時間了，伊豬豬、魯豬豬，快！快拔掉塞子——」

伊豬豬和魯豬豬連忙將浴缸的塞子拔掉。

救命啊～
目瞪口呆

魯豬豬想拉掉浴缸塞
的鐵鍊，卻拉到了
船塞的鐵鍊。
海水從船底的洞，
像水柱一樣的往上湧出來。

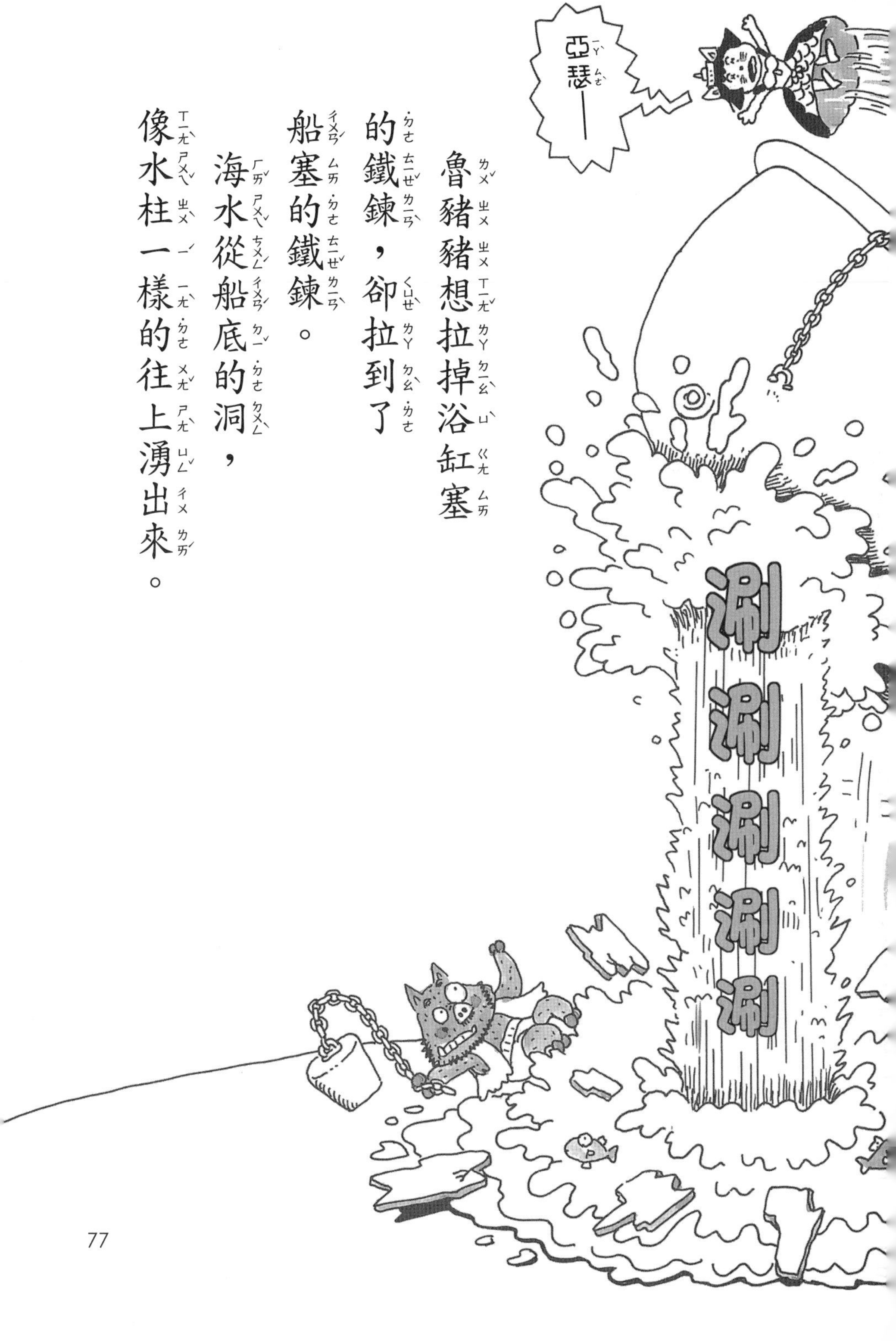

亞瑟和艾露莎很幸運，他們乘坐在水柱上，水柱像噴泉一樣將兩人噴往高高的空中。佐羅力他們則被甩進了海裡。

河童利用頭上的電鋸
當成救生圈

「亞瑟，你看那艘船，漸漸變成鯨魚了耶……」
涮涮涮涮涮
佐羅力大師，抓緊哪！

不過，這個魔法並沒有完全消失。

沒錯，這艘船原本就是一頭鯨魚，只是因為被佐羅力施了魔法，才會變成一艘船。

大家看哪，
鯨魚臉的
最前端，
還留著
佐羅力人魚公主
的臉，頭頂上
仍然插著
畫有佐羅力
圖像的旗子。

我們就乘著
這頭鯨魚
繼續去
蜜月旅行吧，
亞瑟。

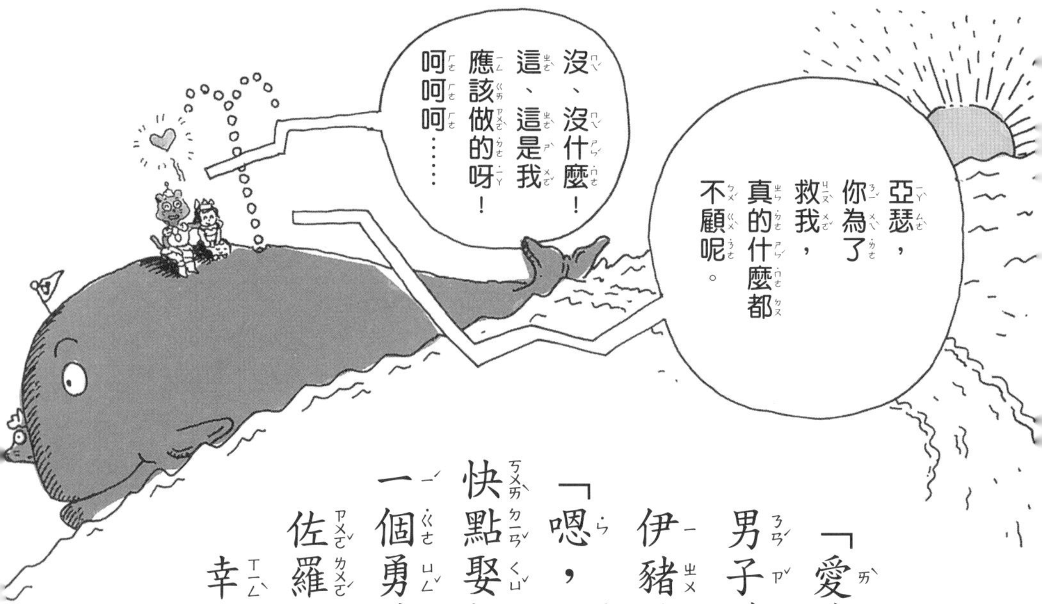
亞瑟，你為了救我，真的什麼都不顧呢。
沒、沒什麼！這、這是我應該做的呀！呵呵呵……

「愛讓亞瑟變成男子漢了耶。」伊豬豬喃喃唸著。

「嗯，說得好，本大爺也一定要快點娶個美嬌娘，好變成一個勇敢的男子漢。」

佐羅力一直盯著幸福甜蜜的亞瑟和艾露莎，漸漸的遠去。

☆如果你在海上看到頭上插著

佐羅力旗的鯨魚，

請大聲的跟牠打招呼：

「你就是那頭曾被

變成幽靈船的鯨魚吧？」

佐羅力和伊豬豬、魯豬豬乘著浴缸，好不容易才安全漂到岸上。
你們這些傢伙根本一點用也沒有嘛。哼，氣死我了。尤其是你們兩個，要不是你們把浴缸塞的鐵鍊搞錯，事情早就成功了……
辛苦了，請幫我問候妖怪學校的老師喔。

我決定要找個漂亮的女孩結婚，好變成一個了不起的男人。
佐羅力大師，對不起啦，我用我的零用錢去買巧克力請你吃，請你別再生氣了啦。
唔？要買巧克力請我喔？

作者簡介

原裕 Yutaka Hara

一九五三年出生於日本熊本縣，一九七四年獲得ＫＦＳ創作比賽「講談社兒童圖書獎」，主要作品有《小小的森林》、《手套火箭的宇宙探險》、《寶貝木屐》、《小噗出門買東西》、《我也能變得和爸爸一樣嗎？》、【輕飄飄的巧克力島】系列、【膽小的鬼怪】系列、【菠菜人】系列、【怪傑佐羅力】系列、【鬼怪尤太】系列、【魔法的禮物】系列等。

譯者簡介

周姚萍

兒童文學創作者、童書譯者。著有《日落臺北城》、《臺灣小兵造飛機》、《山城之夏》、《我的名字叫希望》等書，譯有【名偵探】系列等。曾獲金鼎獎優良圖書推薦獎、聯合報讀書人最佳童書獎、幼獅青少年文學獎、九歌年度童話獎、好書大家讀年度好書等獎項。

國家圖書館出版品預行編目資料

怪傑佐羅力之邪惡幽靈船
原裕 文、圖；周姚萍 譯 --
第一版. -- 台北市：天下雜誌, 2011.05
92 面；14.9x21公分. --（怪傑佐羅力系列；6）
譯自：かいけつゾロリのゆうれいせん
ISBN 978-986-241-291-6（精裝）
861.59　　100005466

怪傑佐羅力系列 06

怪傑佐羅力之邪惡幽靈船

作者｜原裕
譯者｜周姚萍
責任編輯｜張文婷
特約編輯｜蔡珮瑤
美術設計｜蕭雅慧

天下雜誌群創辦人｜殷允芃
董事長兼執行長｜何琦瑜
媒體暨產品事業群
總經理｜游玉雪
副總經理｜林彥傑
總編輯｜林欣靜
行銷總監｜林育菁
資深主編｜蔡忠琦
版權主任｜何晨瑋、黃微真

出版者｜親子天下股份有限公司
地址｜台北市 104 建國北路一段 96 號 4 樓
電話｜（02）2509-2800
傳真｜（02）2509-2462
網址｜www.parenting.com.tw
讀者服務專線｜（02）2662-0332
週一～週五：09:00～17:30
讀者服務傳真｜（02）2662-6048
客服信箱｜parenting@cw.com.tw

法律顧問｜台英國際商務法律事務所・羅明通律師
製版印刷｜中原造像股份有限公司
總經銷｜大和圖書有限公司
電話｜（02）8990-2588

出版日期｜2011 年 5 月第一版第一次印行
2023 年 9 月第一版第二十三次印行
定價｜250 元
書號｜BKCH019P
ISBN｜978-986-241-291-6（精裝）

訂購服務
親子天下 Shopping｜shopping.parenting.com.tw
海外・大量訂購｜parenting@cw.com.tw
書香花園｜台北市建國北路二段 6 巷 11 號
電話｜（02）2506-1635
劃撥帳號｜50331356 親子天下股份有限公司

日本熱賣25年，狂銷3,300萬本的經典角色

讓你笑到彎腰、幽默破表的開胃閱讀系列

怪傑佐羅力

連續五年圖書館小學生借閱率前三名

不論遇到什麼困難，佐羅力都絕對不會放棄。我認為懂得運用智慧、度過難關，這種不放棄的精神，是長大進入社會以後最重要的事。

——【怪傑佐羅力】系列作者 **原裕**（Yutaka Hara）

不靠魔法打敗哈利波特的佐羅力

日本朝日新聞社調查幼稚園~國小六年級3,583位小朋友，佐羅力打敗哈利波特，是所有小朋友心目中的最愛！

風靡所有孩子的佐羅力精神

★雖然每次的惡作劇都失敗，卻反而讓佐羅力成為樂於助人的正義之士。
★不管遇到什麼挫折，佐羅力總是抬頭挺胸向前走。
★雖然媽媽不在身邊，卻總是想著媽媽，勇敢面對挑戰，所以佐羅力永遠不會變壞。
★不只故事有趣，藏在書中各處的漫畫、謎題、發明，每次讀都有新發現。

下一本永遠更有趣，讓孩子想一直讀下去

佐羅力雖然很愛惡作劇，卻常常失敗，反而幫助了別人，真是太好笑了！

——台灣．陳稷謙．小三

【佐羅力】系列不僅字體大容易閱讀，還包含很多像漫畫般的插圖，非常適合作為孩子自己閱讀的第一本書。我的孩子是因為看了【佐羅力】，才變得能夠單獨閱讀一本書。

——日本．家長

雖然佐羅力很愛惡作劇，卻很看重朋友，一不小心還會做好事。這點讓女兒覺得很有趣，還讓她聯想到自己與朋友間的關係，甚至產生「佐羅力即使失敗，也會多方思考，絕對不放棄」這樣不怕挫折的想法。

——日本．家長

現在就和佐羅力一起出發！

為了向天國的媽媽證明，自己能夠成為頂天立地的「惡作劇之王」，佐羅力帶著小跟班伊豬豬、魯豬豬，展開充滿歡笑和淚水的修練之旅……

佐羅力

為了讓在天堂的媽媽以他為榮，佐羅力立志成為「惡作劇之王」，勇敢踏上修練之旅。旅途中佐羅力喜歡打抱不平，常有驚人的創意發明，雖然每次惡作劇都以失敗收場，卻陰錯陽差解決難題，搖身變成眾人感謝的正義之士。

伊豬豬、魯豬豬

貪吃的野豬雙胞胎，哥哥伊豬豬右眼和右鼻孔比較大；弟弟魯豬豬左眼和左鼻孔比較大。兩人因為仰慕佐羅力成了小跟班，尊稱佐羅力為大師，卻總是幫倒忙，造成不可收拾的混亂，拖累佐羅力的計畫。

佐羅力的媽媽

溫柔的母親是佐羅力最念念不忘的人，但她在佐羅力小時候就已經去世。由於佐羅力個性迷糊，讓她即使在天堂，卻仍然常常來到人間，關心寶貝兒子的一舉一動，偶而還會偷偷幫助佐羅力，是一位愛子心切的好母親。

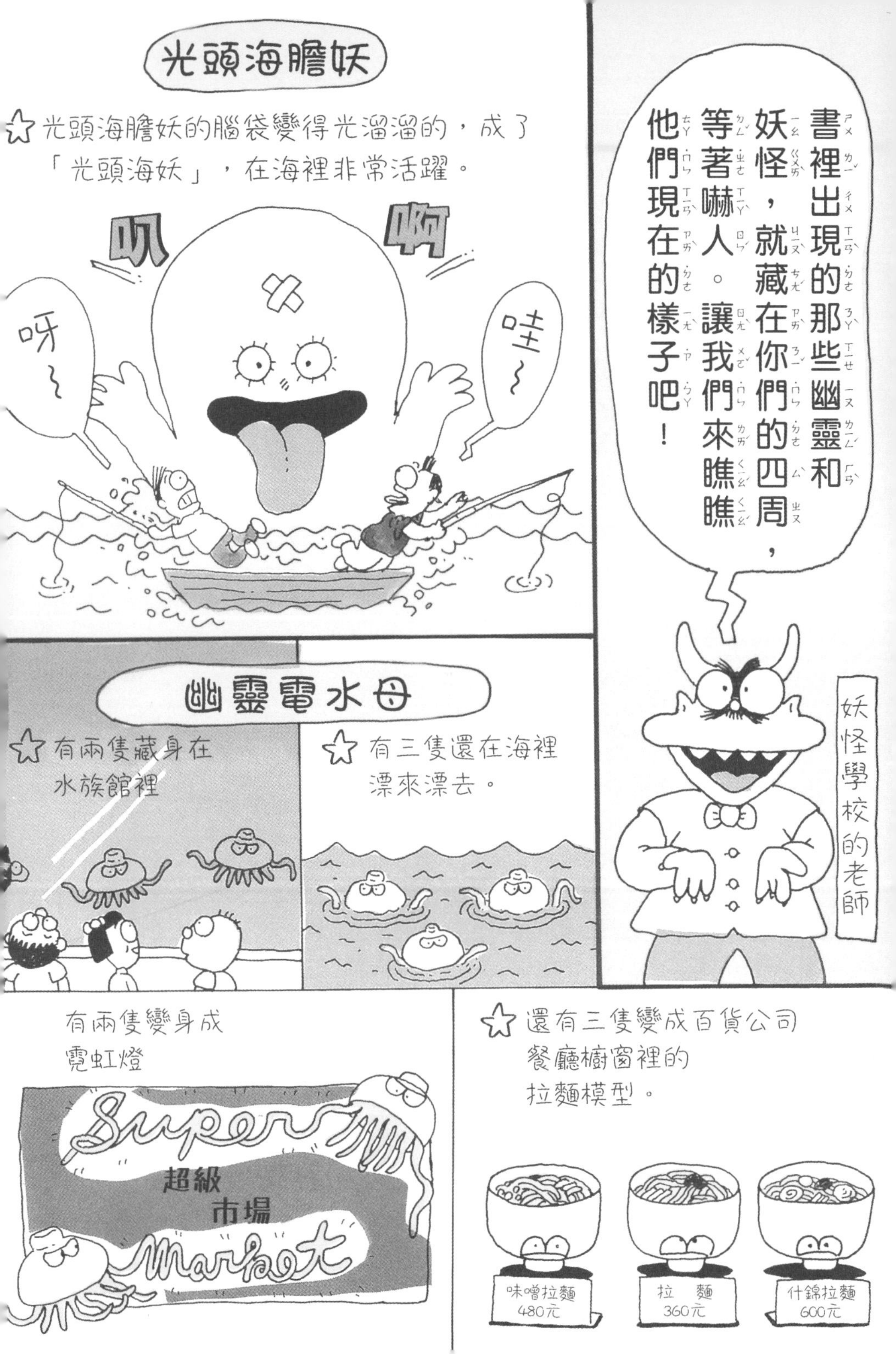
書裡出現的那些幽靈和妖怪，就藏在你們的四周，等著嚇人。讓我們來瞧瞧他們現在的樣子吧！
妖怪學校的老師
光頭海膽妖
光頭海膽妖的腦袋變得光溜溜的，成了「光頭海妖」，在海裡非常活躍。
叭
啊
呀～
哇～
幽靈電水母
有兩隻藏身在水族館裡
有三隻還在海裡漂來漂去。
有兩隻變身成霓虹燈
Super
超級
市場
Market
還有三隻變成百貨公司餐廳櫥窗裡的拉麵模型。
味噌拉麵
480元
拉　麵
360元
什錦拉麵
600元